とけいも　カレンダーも　なかった　むかし
こどもたちは　よぞらを　みあげて
せいざのようせいに　たずねた
あしたは　なんがつ　なんにち？
それから　ながい　ながい　ときが　ながれて
こどもたちは　こんや　そらを　みあげて　たずねる
あした　なにか　すてきな　ことが　おこるかな
せいざのようせいは　おしえてくれる
すてきな　ことが　いっぱい　おこるよ
きみたちの　みらいは　かがやいているよ

ようせいじてん

星座《せいざ》のようせい

小手鞠《こでまり》るい・作《さく》
松倉香子《まつくらかおり》・絵《え》

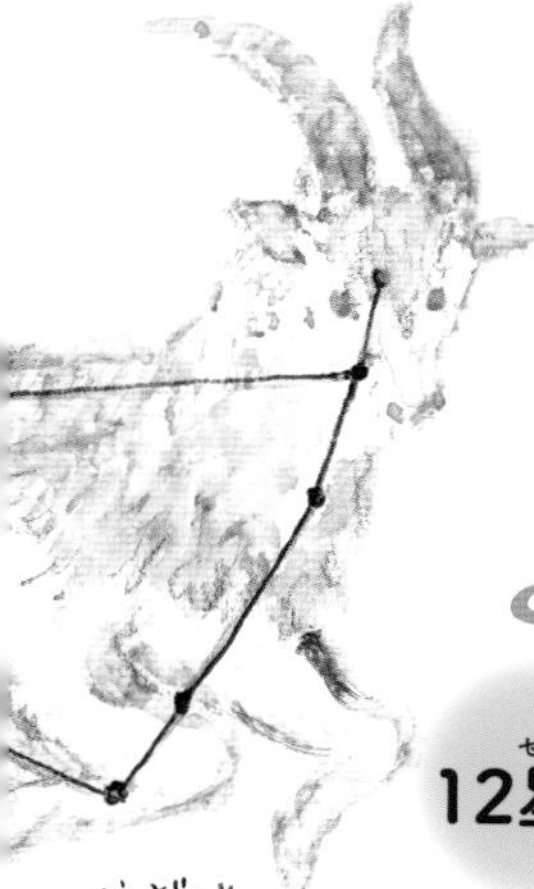

やぎざ

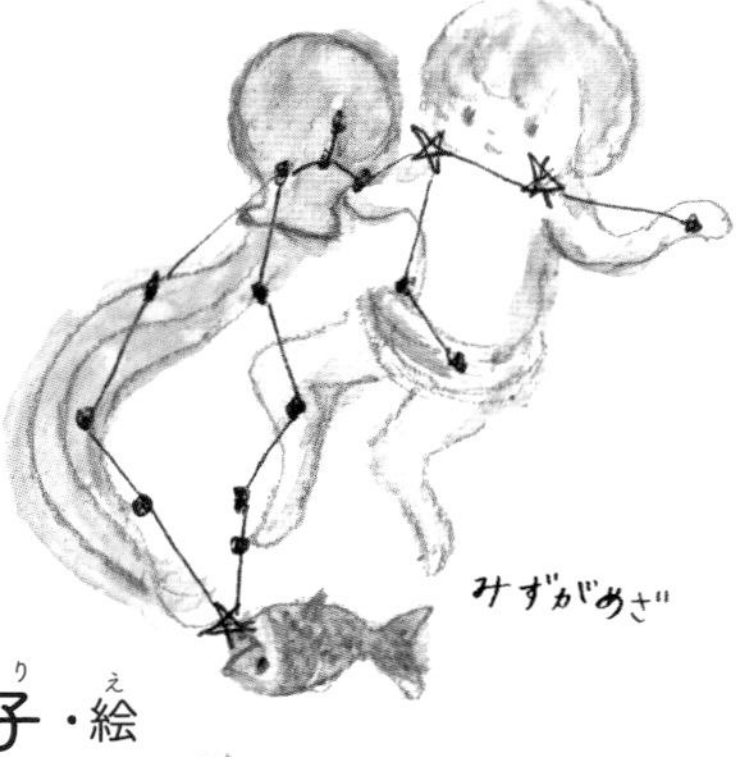

みずがめざ

12星座《せいざ》

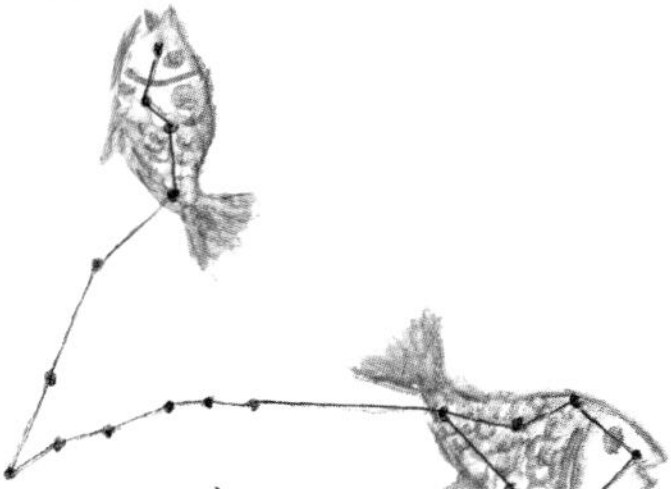

うおざ

おひつじざ

ふたござ

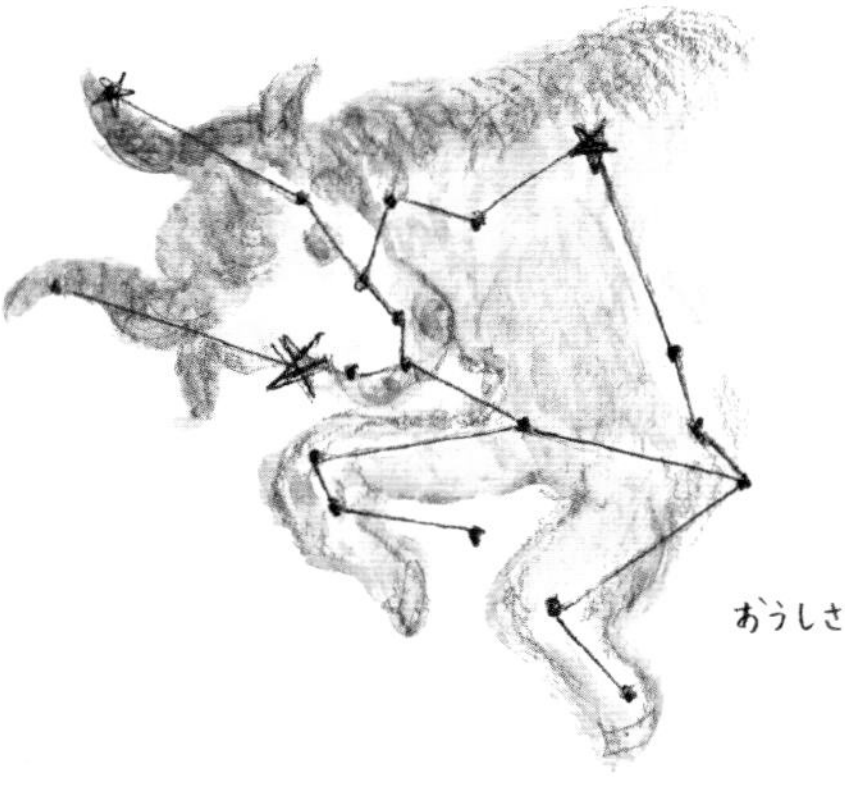

おうしざ

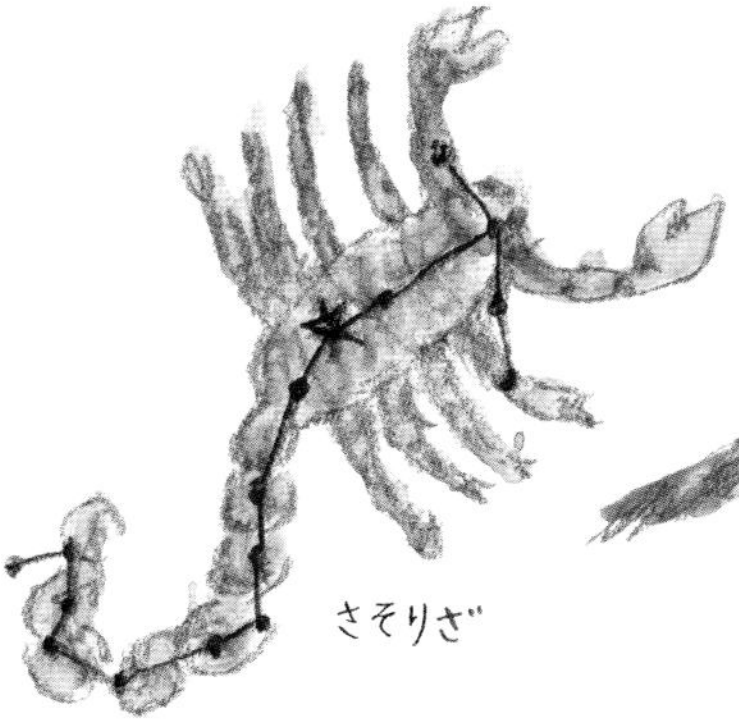
さそりざ

いてざ

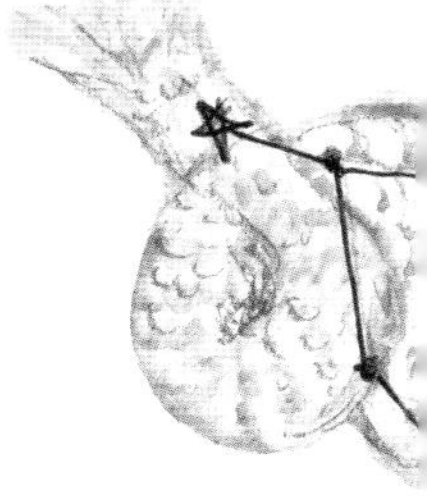

てんびんざ

おとめざ

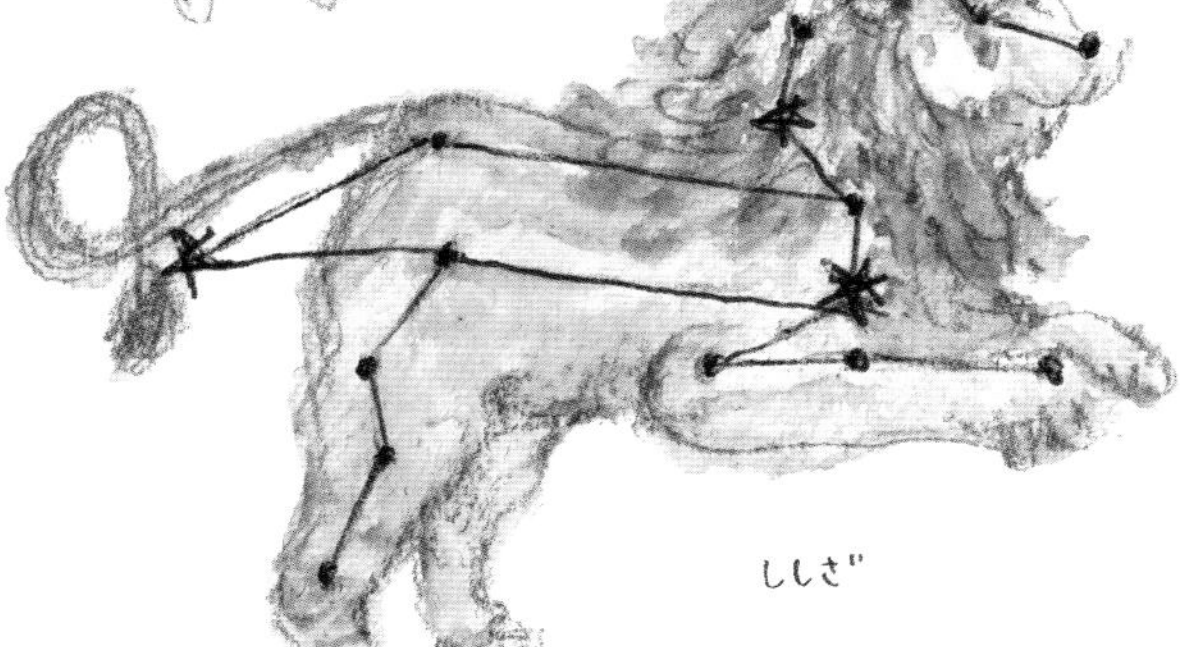
ししざ

かにざ

1月《がつ》20日《はつか》
〜
2月《がつ》18日《にち》

みずがめざのようせい

みずがめざのようせいは
かぜの　なかから　うまれた
げんきいっぱいな　おとこのこ
ぼうけんが　だいすき
はっけんが　だいすき
じゆうが　すき
いつも　じゆうじざいに
よぞらを　かけめぐる

かぜのように　どこまでも

みずがめざのようせいは
ブルーの　みずの　いっぱい　はいった
おおきな　みずがめを
かかえている

さばくを　たびする　たびびとに
つめたい　みずを　のませてあげる
ちずを　なくして　まよっている　たびびとに
ただしい　ほうこうを　しめしてあげる

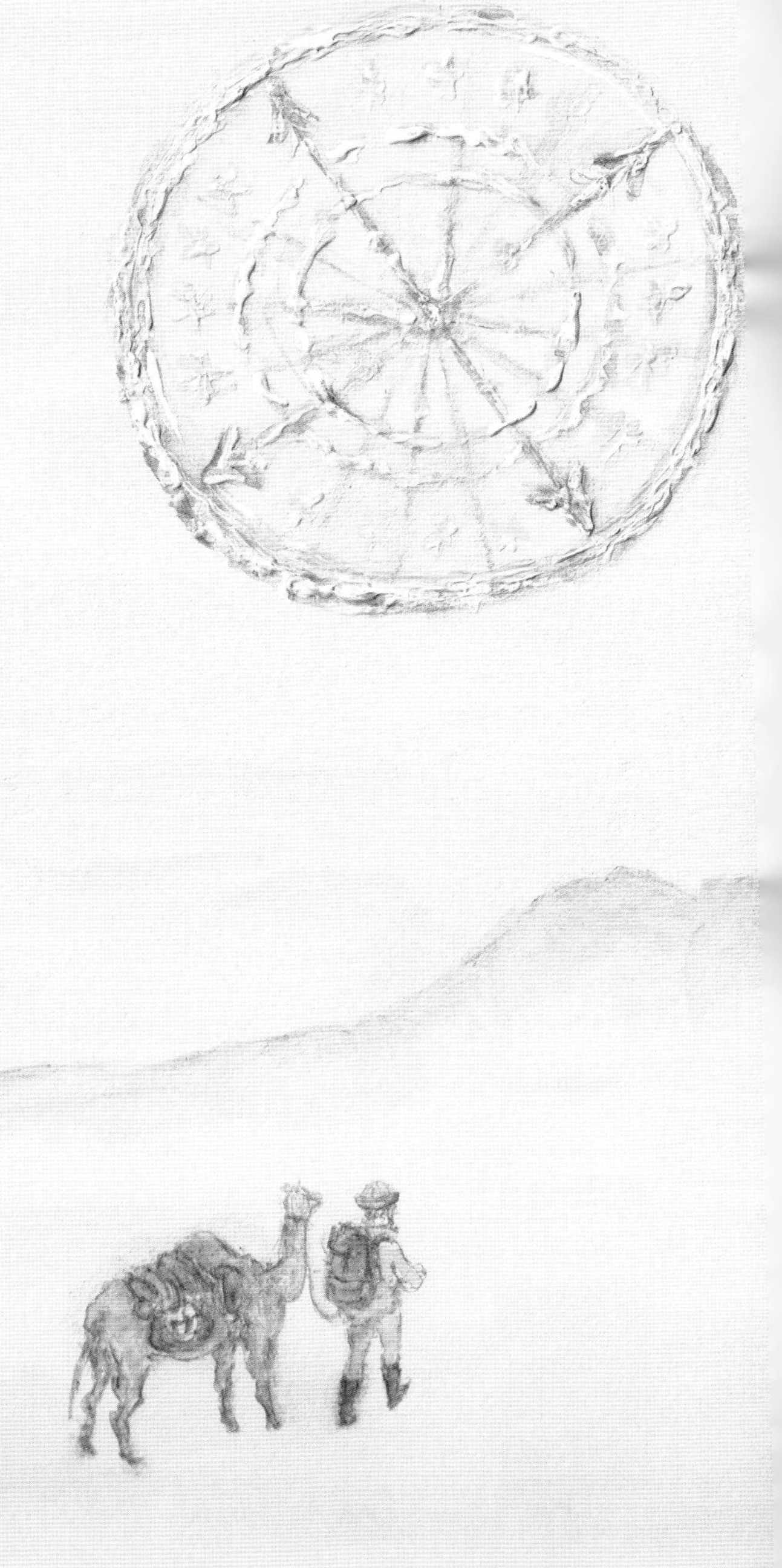

あたらしい　きかい
めずらしい　おもちゃ
おもしろい　のりもの
みずがめざのようせいは
いろんな　ものを
はつめいして
びっくりさせてくれる
こんどは　うちゅうロケットを
はつめいしてくれるかな

2月《がつ》19日《にち》
～
3月《がつ》20日《はつか》

うおざのようせい

うおざのようせいは
みずの　なかから　うまれた
ゆめみる　おんなのこ
ものがたりが　だいすき
ほんを　よむこと
てがみを　かくこと
くうそうが　だいすき
いつも　うっとりと

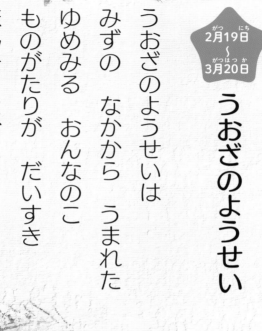

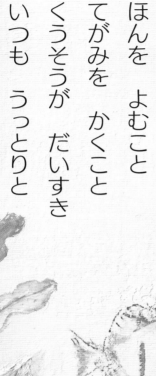

ゆめの　せかいを　ただよっている

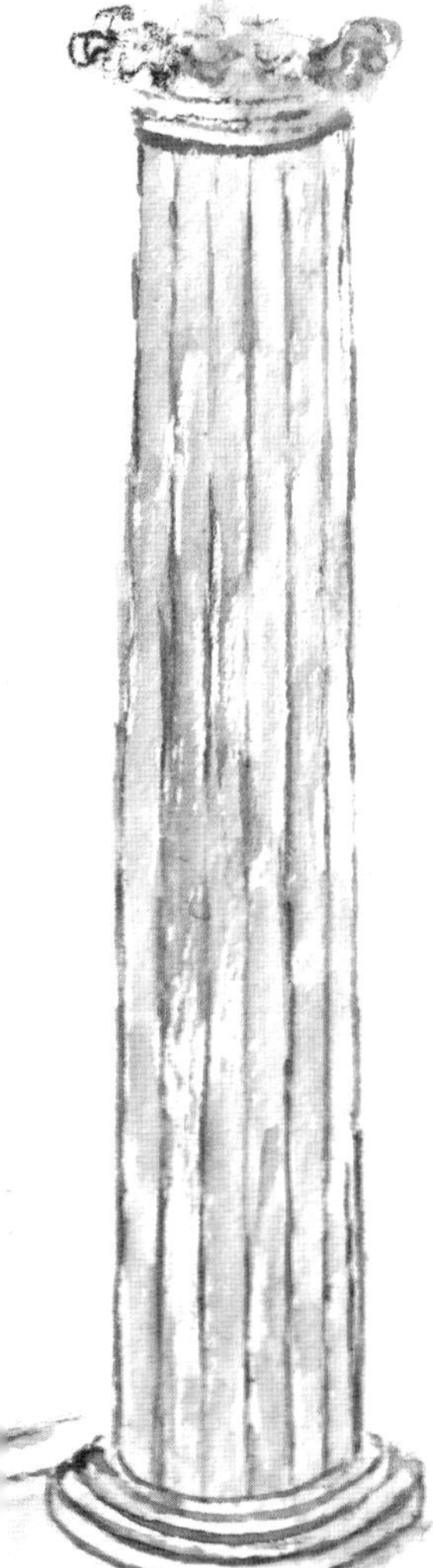

うおざのようせいは　おしゃれさん
マリンブルーの　すてきなドレスに
にひきの　さかなが　くっついた
ふしぎな　かたちのブローチ
うでには　かいがらのブレスレット
あたまには　すいれんの　かみかざり
さて　きょうは　だれと　どこへ
おでかけしましょう

そこへ
みずがめざのようせいが
あそびに　やってきた
ねえ　うおざのようせいさん
えほんを　よんで
どきどきするような
おはなしを
いっぱい　きかせて
ゆめの　せかいへ
つれていって

3月《がつ》21日《にち》〜4月《がつ》19日《にち》

おひつじざのようせい

おひつじざのようせいは
もえあがる　ひの　なかから　うまれた
じょうねつてきな　おとこのこ
つよくて　ゆうかんな　こころ
あふれるエネルギーの　もちぬし
みんなを　ひとつに　まとめる
たのもしいリーダー

Aries

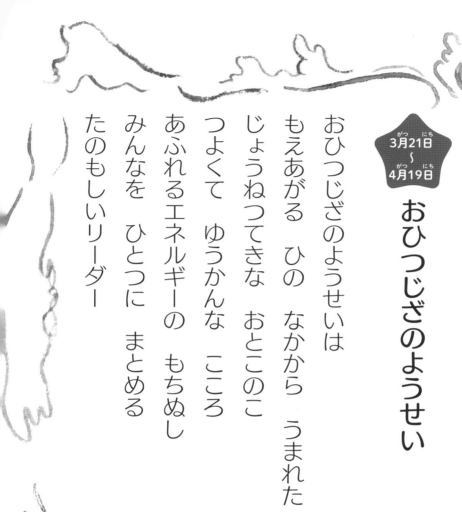

おひつじざのようせいは
みんなの　せんとうに　たって
ドラムを　たたいている
すきな　おんがくは　マーチ
さあ　ぼくと　いっしょに
あるいていこうよ

みずがめざのようせいと
うおざのようせいも
いっしょに　ついていく
かがやく　たいように
むかって

ぼくは　みんなの
キャプテンだからね
みんなに　げんきと　ゆうきを
あたえてあげるんだ

4月《がつ》20日《はつか》
〜
5月《がつ》20日《はつか》

おうしざのようせい

おうしざのようせいは
だいちの　なかから　うまれた
たくましい　おんなのこ
どっしりと　おちついた　こころ
よく　かんがえて
ゆっくりと　すすんでいく
いっぽ　いっぽ
じめんを　ふみしめて

がまんづよく　どりょくを　かさねる

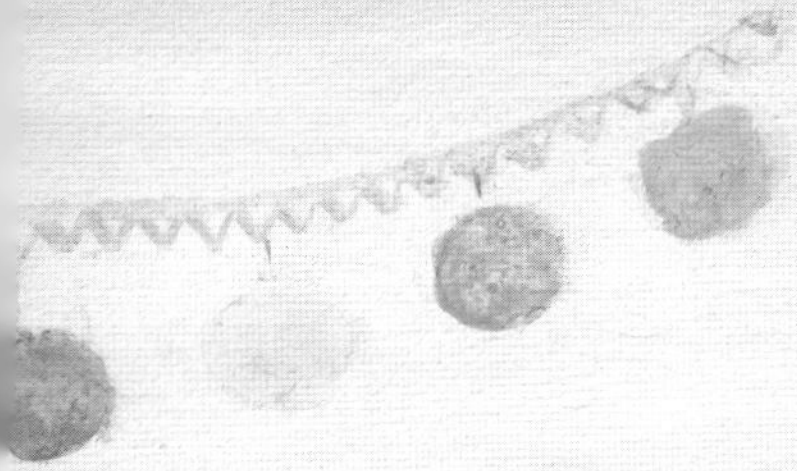

おうしざのようせいは
いつも　にこにこ　わらっている
おかしづくりが　だいすき
みんなを　たのしい　きもちに
させてあげるのも　すき
ねえ　ケーキを　たべに　こない？
おうしざのようせいは
おいしいケーキを　やいて
ともだちを　しょうたいした

みずがめざのようせい　うおざのようせい
おひつじざのようせいが
やってきた

もりの　どうぶつたちも　たずねてきた！

5月《がつ》21日《にち》～6月《がつ》21日《にち》

ふたござのようせい

すずらん　と　ラベンダー
えんどうまめ　と　そらまめ
おうむ　と　いんこ
えんぴつ　と　ペン
そら　と　うみ
みんな　なかよし
ぼくたちと　おなじ

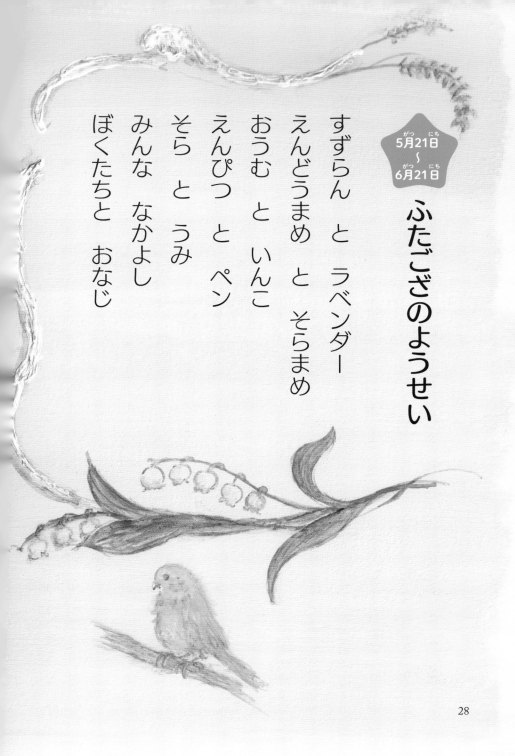

Gemini

ぼくたちは　ふたござのようせいです
みずがめざのようせいさんと　おなじ
かぜから　うまれた　おとこのこ
こんにちは！　みんな　げんき？

そらに　うかんでいる　くも
うみに　うかんでいる　ヨット
どちらも　すきです
おなじくらい
おしゃべりだけど　ものしずか
ものしずかなのに　おしゃべり

ぼくたちは　えいがが　すきです
おもしろくて
でも　ちょっぴり　かなしくて
なみだ　と　わらい
よろこび　と　かなしみ
おんがく　と　かいが
いっしゅん　と　えいえん
ふたつの　ものが　むすびついて
ひとつの　おおきな　ものがたりに　なる
そんな　えいがが　だいすきです

6月《がつ》22日《にち》
〜
7月《がつ》22日《にち》

かにざのようせい

しろい　ゆりの　はな
しろい　ばらの　はな
しろい　あさがお　しろい　すみれ
ぎゅうにゅう　プリン　アイスクリーム
カステラ　クッキー　シュークリーム
おつきさま　おほしさま　ながれぼし
しんじゅ　すいしょう　ムーンストーン
しろ　クリームいろ　ぎんいろが　だいすきな

わたしは　かにざのようせいです
うおざのようせいさんと　おなじ
みずの　なかから　うまれました
やさしい　やさしい　こころの　もちぬしです

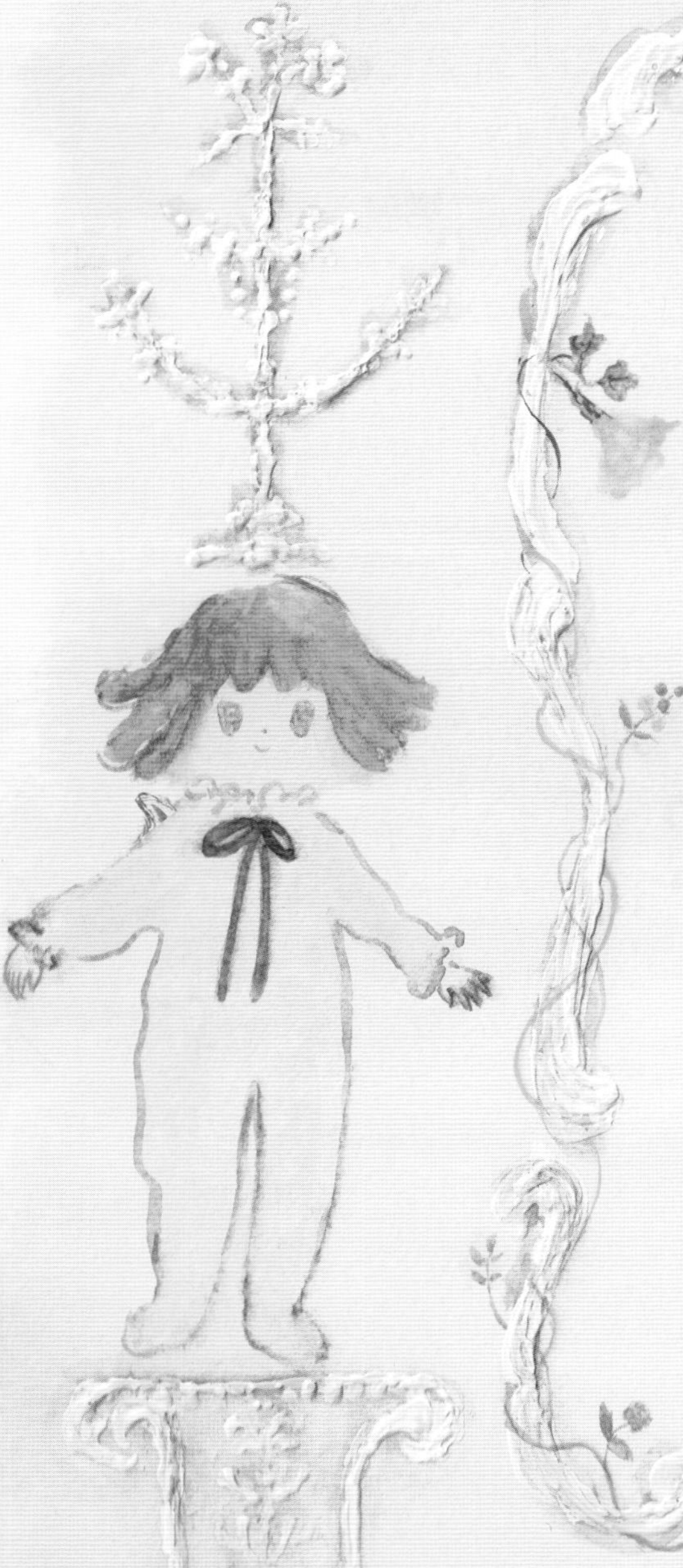

Cancer

わたしは　こどもが　だいすきです
あかんぼうが　だいすきです
あかんぼうと　いっしょに
おひるねを　するのが　すき

こどもたちと　いっしょに
あそぶのが　すき
さあ　ものがたりを　よんであげましょう
それとも　ぶらんこに　のりましょうか
それとも　ボールあそびを　しましょうか

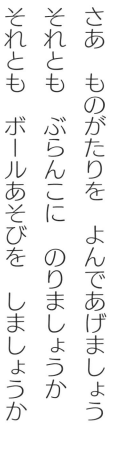

はるも　なつも
あきも　ふゆも
こどもたちと　いっしょに
うたを　うたったり
ピアノを　ひいたりして
すごします
いっしょに　ごはんを　たべて
いっしょに　おひるねを　して
かけっこして

かくれんぼして
きのうも　きょうも
たのしかったね
あしたも　あさっても
また　あそぼうね

7月《がつ》23日《にち》〜8月《がつ》22日《にち》

ししざのようせい

ぼくの　すきな　はなは　ひまわり
マリーゴールド　きんぽうげ
きいろいチューリップ
きいろい　たんぽぽ　コスモス
きいろい　はななら　なんでも　すきだ
きんいろの　ひかりを　あびて
きんいろに　かがやく　オリーブも　すきだ
きんいろは　たいようの　いろ

おひつじざのようせいさんと　おなじ
ひの　なかから　うまれた
ぼくは　ししざのようせいだ

ライオン　とら　ねこ
あしの　はやい　ピューマ　チーター
ぼくは　もうじゅうが　だいすきだ
みんな　ぼくの　なかまなんだよ

ぼくの　そせんは　おおむかし　おうさまだった
いっしょうけんめい　みんなを　まもってきた

ぼくの　とくいな　ことは
けんちくだ
いろんな　ものを　たてる
すみやすい　いえ
たのしい　がっこう
おもしろい　きょうしつ

ようこそ　ぼくの　つくった　おしろへ

8月《がつ》23日《にち》～9月《がつ》22日《にち》

おとめざのようせい

わたしの　すきな　はなは　わすれなぐさ
わたしの　すきな　ことは　にわしごと
わたしの　すきな　いろは　ダークグリーン
わたしの　たからものは　オルゴール
ロマンティックなドレス　こうすい
そうげんの　かおり　ペパーミントティ
おうしざのようせいさんと　おなじ
わたしは　だいちから　うまれました

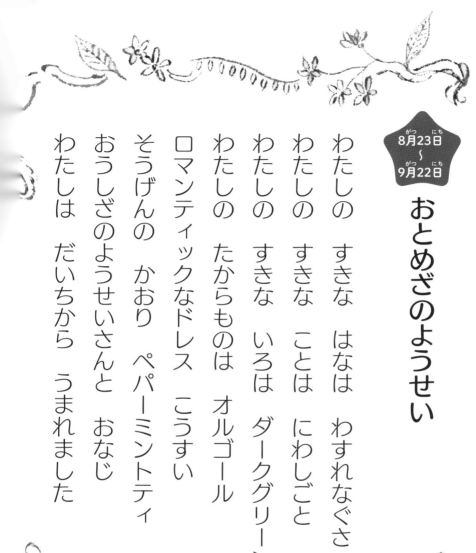

Virgo

はるに　なると　わたしは
もりに　まほうを　かけて
もりを　みどりで
いっぱいに　します
なつに　なると　わたしは
うみに　まほうを　かけて
なみを　あおく　そめあげます
あきに　なると　わたしは
のはらに　まほうを　かけて
くだものを　いっぱい
みのらせます

ふゆに　なると　わたしは
そらに　まほうを　かけて
だいちに　ゆきを
ふらせます

それから　えふでを　にぎって
わたしは　えを　かきます
はるには　げんきな　なつの　えを
なつには　すずしい　あきの　えを
あきには　やさしい　ふゆの　えを
ふゆには　あたたかい　はるの　えを
みんなが　いつも　たのしく
しあわせに
くらしていけますように

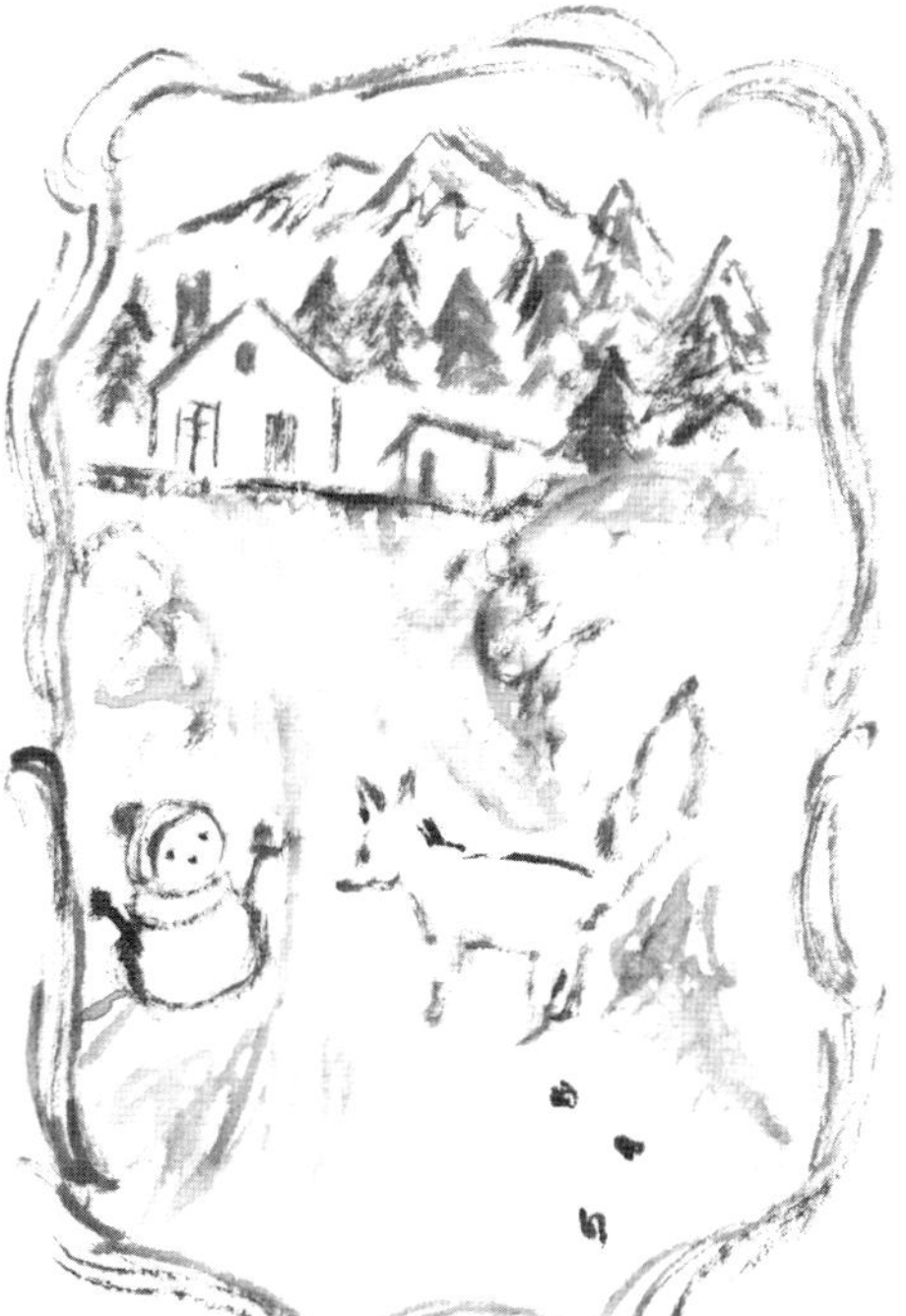

9月《がつ》23日《にち》
〜
10月《がつ》23日《にち》

てんびんざのようせい

そよかぜの　なかから　うまれた
ぼくは　てんびんざのようせい
ともだちと　ゆうじょうを
たいせつに　している
ともだちが　よろこんでいる
えがおを　みるのが　だいすき

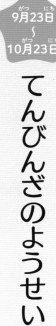

すきな　はなは　ジャスミン
すきな　いろは　パープル
すきな　おんがくは　ワルツ
バイオリン　スカーフ　レース
きれいな　ものが　すき　どうわの　ほんも　すき

ぼくは　だいすきな　ともだちに
ぴったりな　はなたばを　つくる
ゆめみる　うおざのようせいさんには
はるの　のはらに　さく　すみれを
やさしい　かにざのようせいさんには
やわらかい　クリームいろの　ばらを
ロマンティックな　おとめざのようせいさんには
あきの　のはらに　さく　コスモスを
はなたばに　して　おくる
おたんじょうびや　きねんびに

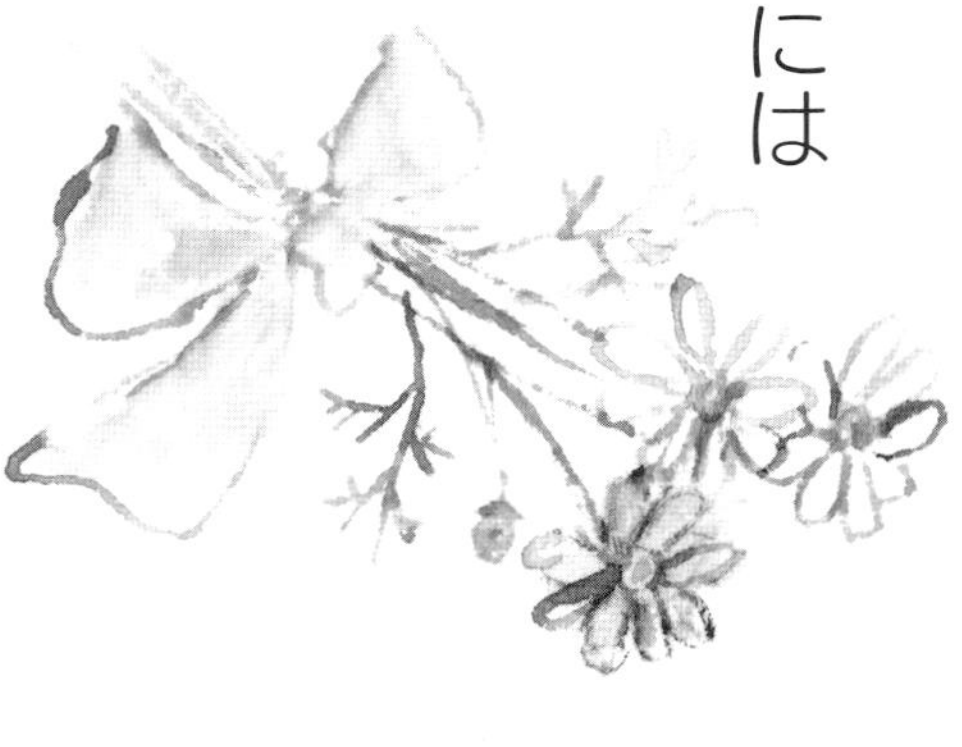

なないろの　はねの　ことり
おちばの　あめ
はっぱに　ついた　つゆの　たま
めくっても　めくっても
ページの　へらない　どうわの　ほん
ぼくは　ふしぎな　ものが　だいすき

さそりざのようせい

10月《がつ》24日《か》〜11月《がつ》22日《にち》

みずうみの　なかから　うまれた
わたしは　さそりざの　ようせい
わたしは　ふしぎな　ひとみを　もっている
だれにも　みえない　こころの　うらがわ
だれにも　わからない　ちいさな　ひみつ
みえないものが　みえる
まほうの　ひとみ

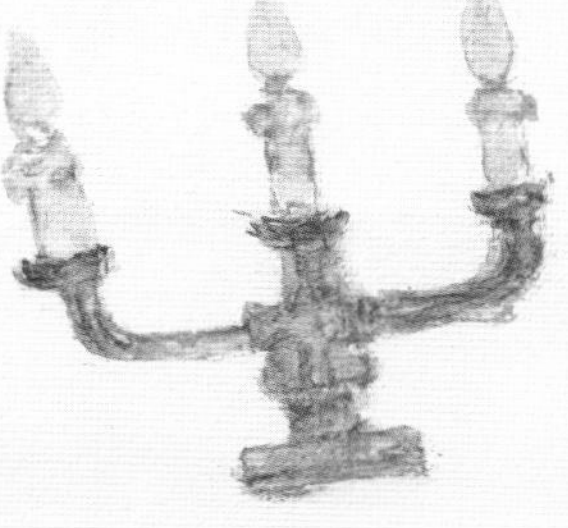

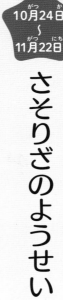

すきな　はなは　ゼラニウム
すきな　いろは　ワインレッド
すきな　やさいは　たまねぎ
すきな　おはなしは　ミステリー
たからものは　アルコールランプ　てかがみ
ろうそく　タロットカード　オパール　トパーズ

わたしの　とくいな　ことは　うらない
ぼうけんが　だいすきな
みずがめざのようせいさんは
いつか　うちゅうロケットを　はつめいする
ゆうかんな　おひつじざのようせいさんには
スポーツせんしゅの　ともだちが　できる
ゆめみる　うおざのようせいさんと
おしゃべりで　ものしずかな
ふたござのようせいさんは
いつか　いっしょに　えいがを　つくる
うらなってあげる　すてきな　みらい

たのしい　ことが　いっぱい

さそりも　へびも　こわくない
みんなが　こわがる　いきものと　なかよし

さあ　まほうの　じゅうたんに　のって
おさんぽに　でかけよう
わたしは　まほうつかいみたいな　おんなのこ

11月《がつ》23日《にち》〜12月《がつ》21日《にち》

いてざのようせい

ほのおの　なかから　うまれた
ぼくは　いてざの　ようせいです
ぼくは　するどい　やを　もっています
ゆみを　ひいて　やを　いると
やは　ぼくの　ほしい　ものに　あたります
すきな　ばしょは　きょうかい
ひみつの　としょかん　まほうの　がっこう

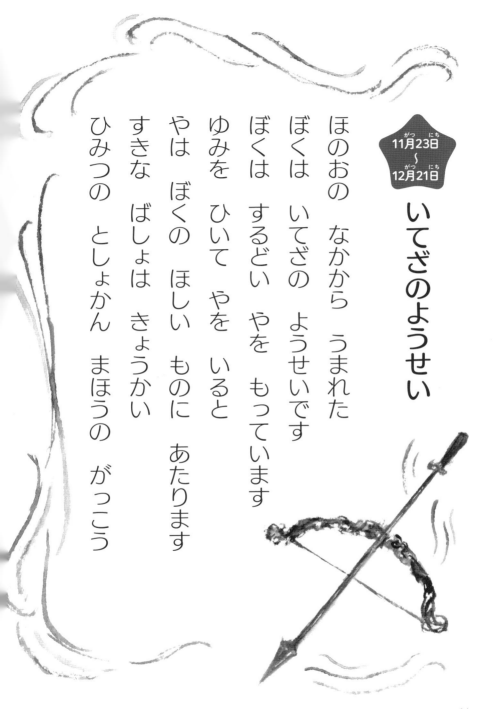

すきな　くだものは　グレープフルーツ
すきな　はなは　カーネーション
すきな　いろは　スカイブルー
すきな　おんがくは　タンゴ
たからものは　じゅうじか

ぼくが　やを　はなつと
みんなは　たびにでる
さそりざのようせいさんは　まほうの　くにへ
おうしざのようせいさんは　おかしの　くにへ

ししざのようせいさんは　かぜの　おうこくへ

ぼくも
たびの　じゅんびを　しよう
きがえの　ようふく
きがえの　したぎ
すいとう
ノートと　えんぴつ
ようせいの　せかいちず
ぜんぶ　かばんに
つめこんで
たびに　でかけよう

たびさきで
ほしい　ものを　いとめるための
まほうの　やを　もっている
ぼくは　いてざのようせいです

12月《がつ》22日《にち》〜1月《がつ》19日《にち》

やぎざのようせい

だいちの　なかから　うまれた
わたしは　やぎざのようせいです
わたしは　やぎのように　つのを　もっています
おしゃれな　つの　かわいい　つのです

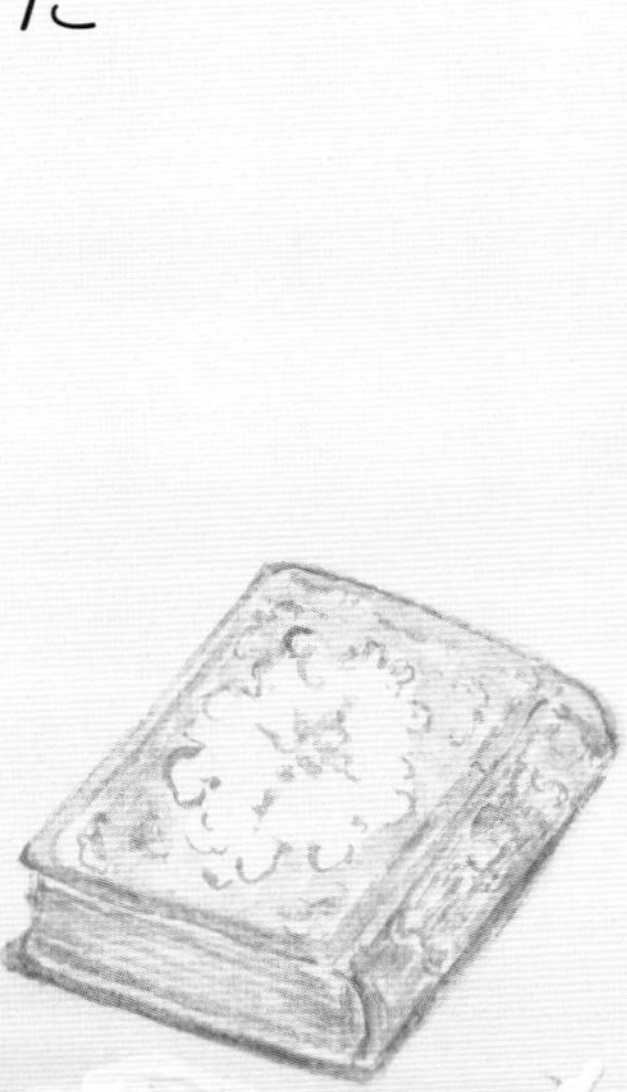

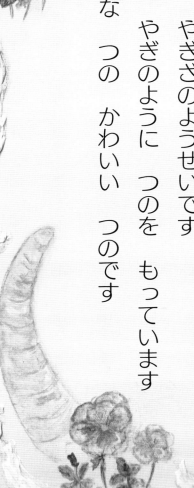

Capricorn

すきな　すうじは　８
すきな　はなは　あざみと　パンジー
たからものは　すてきな　この　かさ
あめでも　おでかけが　たのしくなります
ふるい　とけいや　ふるい　ほん
ふるい　ものがたりも　すきです

わたしは　ダンスが　とくいです
ダンスで　みんなを　たのしませてあげます
ゆみやを　もった　いてざのようせいさん
どくしょかの　てんびんざのようせいさん
さあ　いっしょに　おどりましょう
くるくる　まわって
うさぎのように　とびはねて
それから　しずかに　はくちょうのように
よぞらの　かなたから　ふってくる
ほしの　ひかりの　あめの　なかで

そらから　うみから　いろんな　ところから
せいざのようせいたちが　あつまってきて
いつのまにか　ぶとうかいが　はじまりました

みずがめざのようせいさんも　やってきました
ようせいたちの　ぶとうかいは　おわりません
いつまでも　いつまでも　おどりつづけます
さあ　みずがめざのようせいさん
つぎは　あなたの　ばんよ
わたしは　かさを　てわたします
まるで　バトンのように
ほしぞらのようせいたちの
ものがたりは　おわりません

The Signs of the Zodiac

小手鞠《こでまり》るい

小説家、詩人、児童文学作家

1956年岡山県生まれ。同志社大学法学部卒業。1981年に「詩とメルヘン賞」を受賞。1992年に渡米し、1993年「海燕」新人文学賞を受賞。2005年『欲しいのは、あなただけ』で島清恋愛文学賞、2019年『ある晴れた夏の朝』で小学館児童出版文化賞を受賞。絵本、児童書、一般文芸書など著書多数。松倉香子さんとのコラボ作として『うさぎタウンのおむすびやさん』『うさぎタウンのパン屋さん』がある。現在、ニューヨーク州ウッドストック在住。星座は魚座。物語が大好きな夢見る大人。

松倉香子《まつくらかおり》

イラストレーター、絵本作家

東京都生まれ。専修大学文学部卒業。2010年に第27回「ザ・チョイス」大賞を受賞。児童書の装画・挿絵、一般文芸書の装画を手がける。小手鞠るいさんとのコラボ作や装画として、「うさぎタウン」シリーズのほかに『お菓子の本の旅』『少女は森からやってきた』『瞳のなかの幸福』『泣くほどの恋じゃない』『ゆみちゃん』『未来地図』などがある。ほか『夜に星を放つ』（窪美澄／著）、『あしたの幸福』（いとうみく／著）など。星座は牡牛座。寝るのが好きな人見知りの大人。

参考文献／『鏡リュウジの星座占い』（全12巻・新潮社刊）

シリーズマーク／いがらしみきお
ブックデザイン／脇田明日香

この作品は書き下ろしです。

わくわくライブラリー
ようせいじてん　星座《せいざ》のようせい　12星座《せいざ》

2024年4月9日　第1刷発行

作　小手鞠《こでまり》るい
絵　松倉香子《まつくらかおり》

発行者　森田浩章
発行所　株式会社講談社
〒112-8001
東京都文京区音羽2-12-21
電　話　編集 03-5395-3535
販売 03-5395-3625
業務 03-5395-3615
印刷所　株式会社精興社
製本所　島田製本株式会社

KODANSHA

N.D.C.913 79p 22cm

ISBN978-4-06-534495-8